AF357982

CATALOGUE

DE

TABLEAUX ANCIENS

DES

DIVERSES ÉCOLES

ET

QUELQUES OBJETS D'ART

composant la collection

D'UN AMATEUR DE PROVINCE

DONT LA VENTE AUX ENCHÈRES PUBLIQUES AURA LIEU

HOTEL DROUOT, SALLE N° 3

Le Vendredi 12 Juillet 1867

A DEUX HEURES

Par le ministère de M^e **Ch. PILLET,** Commissaire-Priseur,
rue de Choiseul, 11,
Assisté de **M. DHIOS,** Expert, rue Le Peletier, 33,

CHEZ LESQUELS SE DISTRIBUE LE CATALOGUE.

EXPOSITION PUBLIQUE

Le Jeudi 11 Juillet 1867, de une heure à cinq heures.

PARIS — 1867

EXEMPLAIRE DE DHIOS

RENOU & MAULDE

Imprimeurs de la Compagnie des Commissaires-Priseurs,

RUE DE RIVOLI, 144

CATALOGUE

DE

TABLEAUX ANCIENS

DES

DIVERSES ÉCOLES

ET

QUELQUES OBJETS D'ART

composant la collection

D'UN AMATEUR DE PROVINCE

DONT LA VENTE AUX ENCHÈRES PUBLIQUES AURA LIEU

HOTEL DROUOT, SALLE N° 3

Le Vendredi 12 Juillet 1867

A DEUX HEURES

Par le ministère de Me **Ch. PILLET**, Commissaire-Priseur,
rue de Choiseul, 11,

Assisté de **M. DHIOS**, Expert, rue Le Peletier, 33,

CHEZ LESQUELS SE DISTRIBUE LE CATALOGUE.

EXPOSITION PUBLIQUE

Le Jeudi 11 Juillet 1867, de une heure à cinq heures.

PARIS — 1867

CONDITIONS DE LA VENTE

Elle sera faite au comptant.

Les Acquéreurs paieront CINQ POUR CENT en sus du prix d'adjudication.

L'Exposition mettant les Acquéreurs à même de se rendre compte de l'état des Tableaux, il ne sera reçu aucune réclamation, une fois l'adjudication prononcée.

—◆◆—

TABLEAUX

1 — BERGHEM (École de). Animaux au bord d'une rivière.

2 — BOUCHER (École de). Sujets mythologiques; Peinture en grisaille. Deux pendants.

3 — La Marchande d'œufs.

4 — BREUGHEL (le vieux). L'Adoration des Mages.

5 — BREUGHEL (École de). L'Incendie de Troie.

6 — VAN BRUSSEL. Vase de fleurs.

7 — VAN DYCK (École de). Les saintes Femmes au pied de la croix.

8 — Le Christ en croix.

9 — FRANCK. Portement de croix.

10 — FRANCK. LORIS. Loth et ses Filles.

11 — GREUZE (École de). Le Réveil de l'Amour.

12 — JEAN SENS (Genre de). La Main chaude.

13 — KER FURT (Genre de). Scènes militaires. Deux pendants.

14 — LEBRUN (École de). La Madeleine repentante.

15 — Van Loo (École de). Portrait d'une Princesse de Russie.

16 — L. G. (Signé du monogramme L. G. 1663). Adam et Ève dans le Paradis terrestre.

17 — Van der Meulen (École de). Louis XIV au siége de Douai.

18 — Mignard (Attribué à). Jeune Femme tenant un enfant.

19 — Mignard (École de). Jésus portant sa croix.

20 — Prud'hon (Genre de). Apollon et Vénus. Grisaille.

21 — Régnauld (Attribué au baron). Mercure endormant Argus.

22 — Ribera (École de). Saint Jérôme.

23 — Jules Romain (D'après). Les Dieux de l'Olympe.

24 — Roos (Henri). Paysage avec animaux.

25 — Rubens (D'après). Marie de Médicis.

26 — Le Triomphe de la Religion.

27 — L'Embarquement de Cléopâtre.

28 — Schidone (École de). La Mise au tombeau.

29 — Schœwarts. Cérémonie religieuse sur la place d'un village.

30 — Stella (Genre de). La Mise au tombeau.

31 — De Troy (Attribué à). Portrait d'un Cardinal.

32 — Tournières (Attribué à). Le Maréchal de Villeroy.

33 — J. Vernet (École de). Marine.

34 — Véronèse (École de). Prédication de saint Jean.

35 — École allemande. La Sainte Vierge soutenant le Christ mort.

36 — Portrait d'un personnage assis près d'une table.

37 — Portrait d'un personnage debout.

38 — Portrait du grand Frédéric.

39 — Portrait de Frédérick de Prusse.

40 — École anglaise. Portrait de Philippe d'Orléans, dit Egalité.

41 — École espagnole. Fruits.

42 — Le Christ en croix.

43 — Portrait de la Vierge.

44 — La Sainte Face.

45 — École flamande. Le Couronnement de sainte Catherine.

46 — Gibier et Fruits.

47 — Madeleine aux pieds du Christ.

48 — Vierge et Enfant Jésus entourés d'une guir-
lande de fleurs,

49 — Scène de Buveurs.

50 — Poule et ses Poussins.

51 — Fruits et Nature morte.

52 — L'Odorat.

53 — Saint Pierre.

54 — Le Triomphe de David.

55 — Sainte Famille.

56 — Deux Vues des bords du Rhin.

57 — Paysage orné de figures.

58 — ÉCOLE FRANÇAISE. Portrait du Prince de
Condé.

59 — Portrait d'Henri IV enfant,

60 — Portraits du duc et de la duchesse de
Chaulnes.

61 — Sujet biblique. (Peinture grisaille.)

62 — Portrait d'Anne d'Autriche.

63 — Portrait de jeune Femme du temps de
Louis XIV.

64 — Dame et Chevalier du temps de Louis XIII.

85 — Personnage du temps de Louis XVI.

86 — Le chevalier Bayard.

87 — Portrait de Monsieur.

88 — Portrait de jeune Femme.

89 — Portrait du duc de Bourgogne.

90 — Portrait de Femme du temps de Henri IV.

91 — Portrait de Femme. (Pastel.)

92 — Louis XIV enfant.

93 — Dame de la cour de Louis XIV.

94 — Convoi militaire en Espagne.

95 — Portrait d'un chevalier.

96 — Portrait de dame.

97 — Portrait de M. de Sartines.

98 — Portrait de Femme. Peinture ovale sur marbre.

99 — Le Joueur de flûte.

100 — Buste de Femme.

101 — Portrait équestre de Louis XIV.

102 — Halte de Cavaliers.

103 — Chasse au cerf. (Fixé.)

104 — Jeune Femme écrivant. (Miniature.)

105 — Eugène de Beauharnais. (Peinture sur porcelaine.)

106 — Portrait de Femme, époque Louis XIV.

107 — Moine et jeune Fille.

108 — Portrait de Femme du temps de Louis XIII.

109 — Deux Portraits d'Hommes, même époque.

110 — Deux petits Portraits, époque Louis XIV.

111 — Deux petits Portraits d'Hommes du temps de Louis XIV.

112 — Trois petits Tableaux représentant des Cavaliers.

113 — Portrait d'une abbesse.

114 — Plusieurs Personnages masqués du temps de Louis XIV.

115 — Deux Portraits de jeunes Femmes du temps de Louis XIV.

116 — Un ancien Éventail.

117 — Portrait de jeune Femme.

118 — Portrait d'Homme.

119 — ÉCOLE GOTHIQUE. Le Sauveur du Monde.

120 — ÉCOLE HOLLANDAISE. Environs d'Amsterdam.

121 — Assaut d'une Ville.

122 — Combat naval.

123 — ÉCOLE ITALIENNE. La Vierge en pleurs.

124 — Scène de Carnaval en Italie.

125 — Siége d'une ville.

126 — Mater Dolorosa.

127 — L'Ange et Tobie.

128 — ÉCOLE MODERNE. Marine ; effet de nuit.

129 — Cérémonie religieuse à Rome.

OBJETS D'ART

130 — Deux Médaillons en marbre : Empereur et
Dame romaine.

131 — Deux Médaillons en marbre : Portraits
équestres.

132 — Statuette en ivoire et Cadre en écaille :
Vierge et Enfant Jésus.

133 — Deux Peintures sur porcelaine : Scène
d'histoire et Scène d'intérieur.

134 — Vase en faïence de Niederviller décoré de
sujets genre Greuze.

135 — Grand Socle-Console en faïence de Rouen.

136 — Grand Coffre en bois laqué.

137 — Divers Objets d'art.

Rénou et Maulde, imprimeurs de la Compagnie des Commissaires-Priseurs,
rue de Rivoli, 144.   5750